角落小夥伴的生活之

角落小夥伴名言

〔監修〕SAN-X

這裡 讓人好安心

就是這樣的

的名言。

炸豬排

啊…

粉紅色的部分
是 1% 的瘦肉

炸豬排的遺遺。
瘦肉 1%、肥油 99%。
因為都是油，所以被吃剩下來…

炸蝦尾

…

吃剩的…
與炸豬排
是知心好友。

偽蝸牛

其實是一隻身上
背著殼的蛞蝓。
對這個小謊深感抱歉…

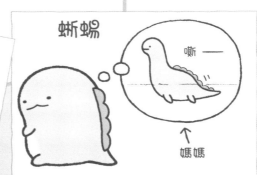

蜥蜴

嘶——

↑
媽媽

其實是倖存的恐龍。
因為被抓到，所以假冒蜥蜴。
與偽蝸牛推心置腹。

粉圓

哇— 哇—

→

咦…

喝不下了呢

奶茶先被喝光
剩下的…

麻雀

只是一隻平凡麻雀。
很喜歡炸豬排
所以會啄食炸豬排

山

仰慕富士山的
一座小山。

「角落小夥伴」

可愛的角落小夥伴們　陪你一起學習五位偉人

白熊

再也受不了
北方了…

拖拉拖拉…

從北方逃跑而來，怕冷
又怕生的一隻熊。窩在角落
喝一杯熱茶時，讓他感覺最平靜。

裹布

靜

白熊的行李。
占位子常用到。

貓

咯吱 咯吱

害羞的貓。
常常在角落裡，
背對大家抓牆壁。

企鵝？

以前
長得像
這個樣子…？

對自己是不是企鵝
不太有把握。以前頭上
好像曾有碟子…

雜草

擁有一個夢想
希望有一天能在嚮往的花店裡
被做成一把花束！
積極的小草。

飛塵

角落是
我們的院子！
YA！

幽靈

不想嚇到人
所以總是悄悄的。

目次

「角落小夥伴」就是這樣的 ⋯⋯ **3**

[1]

奧黛麗·赫本
名言錄

　　在電影《羅馬假期》(Roman Holiday)中演繹氣質非凡的公主，一躍成為明星女演員的奧黛麗·赫本。憑藉自身演技，於24歲時榮獲奧斯卡金像獎最佳女演員獎，參與《龍鳳配》(Sabrina)、《第凡內早餐》(Breakfast at Tiffany´s)及《窈窕淑女》(My Fair Lady)等多部電影演出。舞台上的演出也一樣出色，曾以《美人魚》(Ondine)榮獲東尼獎殊榮。

　　以高䠷纖細身材華麗演繹設計大師——紀梵希(Hubert de Givenchy)所設計的服飾，顛覆時尚界一直崇尚豐滿體態的風潮。

　　年紀輕輕就獲得事業上的空前成功，卻不喜奢華，靦腆體貼的性格從未曾改變。

　　珍惜家人的她淡出影壇近15年，晚年擔任聯合國兒童基金會(United Nations Children´s Fund)親善大使，走遍世界各角落，將後半生獻身於拯救貧困兒童的公益活動。

Audrey Hepburn

（女演員／1929-1993）

我明白了
人與人之間的關係
才是最重要的。
之於金錢、食物、
奢華、地位等等
其他任何事物比起來
都遠在天邊。

奧黛麗·赫本10至15歲居住在荷蘭,遭到納粹德軍占領。
在協助反抗運動中,支持著因營養不良幾乎要失去生命的她的
正是人與人之間的友情與信賴關係。

我能做的
就是盡己所能。
……還有
不放棄希望。

少女時代的奧黛麗・赫本以芭蕾女伶為職志。
可惜經歷納粹占領期間的5年空白，使這個夢想日益渺茫。
儘管如此，她仍以舞者身分持續演出，終於成為電影及舞台劇的大明星。

（奧斯卡金像獎得獎感言）

好像是

穿上了一件太大的衣服。

為了配上這件衣服，

我會繼續努力。

奧黛麗・赫本以新人之姿主演《羅馬假期》，榮獲奧斯卡金像獎最佳女主角。

雖然一度遭受批評過早獲獎，但是爭議很快就煙消雲散了。

因為奧黛麗・赫本總是謙虛以對，也在日後諸多作品中證實她的演技卓越。

因為曾得到
許多人的幫助，
我不想
令他們失望。

無比親切開朗的奧黛麗・赫本贏得劇中演員及工作人員一致的愛戴。
例如在《羅馬假期》中，一起合演的大明星葛雷哥萊・畢克(Gregory Peck)
就曾堅持讓剛出道的奧黛麗・赫本與他共同掛名主演。

奧黛麗・赫本

或許

像我這樣

對自己缺乏自信

也能一帆風順

也不一定呢。

但是，這樣的個性

精神上是很疲累的。

許多人曾說過：「沒見過比奧黛麗・赫本更努力的人。」
電影拍攝前，常見她每天花16小時排練。
盡管如此，她始終對自己的演技缺乏自信。

與其
隱藏自己的缺點
更應該
直接面對它。
然後加強磨練
缺點以外的能力。

加二次

奧黛麗‧赫本對自己的容貌缺乏自信；
身高太高、齒列不整、眉毛太濃都讓她十分在意。
但是拍攝時，她卻拒絕掩蓋齒縫或拔眉毛等建議。

我簡直就像
是一隻蝸牛
背著家走路。

奧黛麗・赫本因為工作需要出國時，總會帶著各式各樣的行李。
不管住在哪一家飯店，都要像住在自己家裡一樣生活。
據說這是從荷蘭貴族母親那兒學習而來的舒適旅遊法。

我並非
非得演出
外向的角色。
但是，我自己是個
內向的人。

奧黛麗・赫本在《第凡內早餐》中飾演荷莉一角，吃盡苦頭。
原著小說中的荷莉是以瑪麗蓮夢露為範本，
而奧黛麗・赫本也成功演繹出洗練都會感十足的荷莉。

人有各式各樣
屬於自己的樣貌。
找到它，
然後
貫徹到底。

奧黛麗‧赫本以纖細修長身材，
掀起一場顛覆時尚的革命。慧眼獨具挖掘年輕設計師紀梵希(Hubert de Givenchy)，
在主演電影中，穿搭他所設計的各式華麗服裝。

你為我選的花、
為我播的歌曲、
還有為我綻放的笑容
都是無可取代的。

對奧黛麗・赫本而言，家不只是一個地方。
全家團聚一堂，歡笑不絕於耳才是最重要的。
正因為如此，她才會不惜選擇息影，回歸家庭。

工作並不是
時時都有。
但是，我一直
有家人相伴。

奧黛麗・赫本永遠以家人的幸福為優先。
或許是因為年幼時，深受父親離家的悲痛及被納粹占領的苦難，
不希望孩子也遭受相同的痛苦吧！

我們在一起
不是因為
非得在一起不可
只是因為我們想在一起。

奧黛麗·赫本最後的戀人是同為演員的羅伯特·沃德斯（Robert Wolders）。
兩人感情十分融洽，是一對幸福的戀人，但是卻選擇不結婚，相伴終生。
這與制度、義務無關，是以兩人的愛情與信任結合的伴侶關係。

如果
你懷抱著
無法承受的痛苦，
不要猶豫
應該立刻尋求幫助。

奧黛麗・赫本對心靈創傷十分敏感。
她曾說過：如同輕微傷風可以自體修復，但是一旦發高燒就必須求醫一樣，
心靈如果遭受大傷害，就無法憑藉自己的力量治療。

直話直說吧！
我完全
不想要工作。

儘管淡出影壇，回歸家庭，奧黛麗・赫本的私生活仍時常受到媒體關注。
她對此感到十分反感，尤其當大家說她是為了家庭而犧牲演員生涯，
更令她厭惡至極。

因為一開始
期待不多
所以我現在
才能毫無不滿的
生活啊。

奧黛麗·赫本少年得志，但她並不強求成功常留。
對生性謙遜無欲的她而言，
沒有任何事物能取代與家人共處的平安歲月。

自己擁有的
遠比自己所求
還要來得多。
而這些大多是
持續努力而得來的。

奧黛麗‧赫本曾經歷許多挫折。母親是荷蘭貴族後裔，
父親失蹤、戰爭致使家財散盡、無法一圓芭蕾女伶的夢想。
但是她始終對一切充滿感激。

我沒有
特殊的才能。
內向的性格
無論在人前做什麼
都不擅長。

奧黛麗·赫本曾說過自己其實很內向,從沒想過要成為演員。
而讓她成功成為女演員,正是以執導《羅馬假期》的威廉惠特(William Wyler)
為首的所有優秀導演的功勞。

現在的我
距離理想中的自己
還有一段很遙遠的距離。
但是，我開始認為
這樣的自己
其實也不差。

奧黛麗・赫本曾說過，她的人生最大的收穫
就是接受滿身缺點的自己。
不只如此，除了自己，她也能接受他人的缺點。

奧黛麗・赫本

可以如此
平靜生活的所在
找遍全世界
也不會再有了吧。

奧黛麗‧赫本定居瑞士。
她的家中有一座庭院，她喜歡親自打理庭院。
遠離媒體糾纏，享受可以自在與街上的人們互動的安穩生活。

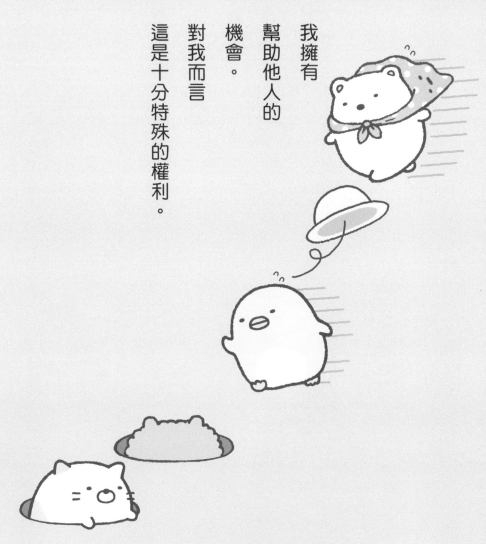

我擁有
幫助他人的
機會。
對我而言
這是十分特殊的權利。

奧黛麗·赫本晚年獻身公益，擔任聯合國兒童基金會親善大使。
足跡踏遍每個貧困受苦的國度，為了拯救因飢餓、生病隨時可能失去生命的孩子，
不遺餘力呼籲各界捐款。

奧黛麗·赫本

大家的1％
是通往100％的
第一步。

身為聯合國兒童基金會親善大使的奧黛麗・赫本，她要求聯合國會員國
將GNP的1％作為落後國家發展基金。
為了拯救因貧困而死亡的兒童，她將自身的影響力發揮到極致。

美妙的歌曲
不只是歌詞
連曲調都是悅耳的吧？
所以
不只是說話的內容
怎麼說話
才是最重要的。

奧黛麗‧赫本教育自己的孩子，是這麼教導他們說話藝術的重要性。
奧黛麗‧赫本說的每句話都充滿體貼，
連說話的方式也十分留心。

我喜歡願意對我微笑的人。
因為微笑是
世界上
最美好的一件事。

奧黛麗‧赫本喜愛對自己微笑的人，也是願意為對方展開笑顏的人。
即使在面對死亡之際，深受病痛之苦時也不例外。
面對家人與友人都不忘自己的微笑。

我是為了
被愛與愛人
而誕生
在這世上。

在奧黛麗・赫本的慶功派對中，對同劇演員致感謝詞之後，
提及對自己的演技而言，愛是最重要的。
愛人與被愛讓她成為一位名演員。

奧黛麗・赫本

（以一句話表述自己？）

LUCKY（幸運）。

奧黛麗‧赫本被暱稱為「聖奧黛麗」。

那是因為在處處是怪人的好萊塢中，她的存在更顯獨特，個性如此謙虛而善良。

對於自己的成功，她也謙虛表示那都是大家的功勞以及「LUCKY」（幸運）。

[2]
阿嘉莎・克莉絲蒂
名言錄

在「灰色腦細胞」中，不斷破案的赫丘勒・白羅(Hercule Poirot)、邊打毛線邊解謎團的珍・瑪波(Jane Marple)、神探夫妻湯米與陶品絲(Tommy and Tuppence)……等等。阿嘉莎・克莉絲蒂創作了無數充滿魅力的偵探小說，是一位深受世人喜愛的作家。

阿嘉莎的孩提時代，在母親的堅持下，謝絕學校的正規教育，在家和傭人或自己幻想的朋友一起玩，一路長大。因此造就她成為一位內向、對他人的感受相對敏感，且熱愛閱讀的少女。

阿嘉莎在十多歲時，曾為了成為歌手或鋼琴演奏家而接受訓練，但因為不具天分而放棄。取而代之是成為一位小說家。而她也展現天賦。30歲以白羅初登場的《史岱爾莊園奇案》(The Mysterious Affair at Styles)正式出道。《羅傑・艾克洛命案》(The Murder of Roger Ackroyd)、《東方快車謀殺案》(Murder on the Orient Express)、《ABC謀殺案》(The ABC Murders)、《一個都不留》(And Then There Were None)等傑作深受世人熱愛。著作至今仍廣受歡迎，阿嘉莎也因此被尊稱為推理女王。

Agatha Christie

（作家／1890-1976）

我熱愛人生。

雖然曾遭遇

極度絕望、意志消沉、

悲傷欲絕，

但是人生還是美好的。

阿嘉莎是一位人生曾遭受劇烈起伏的女性。尤其是11歲時，遭逢父親經濟上的失敗與病逝，以及在38歲時，與夫婿阿奇博爾德(Archibald Christie)離婚，都對她造成極大打擊。儘管如此，阿嘉莎仍勇敢跨越重重困難。

當巨大的幸福現身眼前

為了

與它和平共處

我需要獨處。

阿嘉莎十分內向。在她5歲生日時，雙親送給她一隻小狗，命名為「東尼」。
阿嘉莎開心得不知該如何是好，於是放下小狗獨自躲進洗手間，
獨自一人品嘗幸福的滋味。

阿嘉莎・克莉絲蒂

世上並非
事事
盡如人意。
認清
這個道理
是十分重要的。

童年時期，阿嘉莎自女傭「芭雅」處學習日常生活禮節等事物。
芭雅教導她：要被稱呼為「阿嘉莎小姐」必須出生於貴族之家等等
世上的殘酷現實。

因為個性使然
無法好好將話說清楚
所以
我才會成為作家。

喀吱 喀吱

YA！

YA！

口才不佳的阿嘉莎，寫起文章卻十分流暢。
最喜愛的「芭雅」退休離去之後，阿嘉莎連續數月，每日寫信給她。
直到母親提醒她次數太頻繁，才改為一周二封。

目睹對方
出糗的當下，
正是這個時刻
越能明瞭
自己到底有多愛他。

...

阿嘉莎曾說自己人生最大的樂趣就在日常生活當中。
在日常生活中，不管家人、伴侶或朋友的小小失敗或出糗，
阿嘉莎都能在其中發現可愛之處。

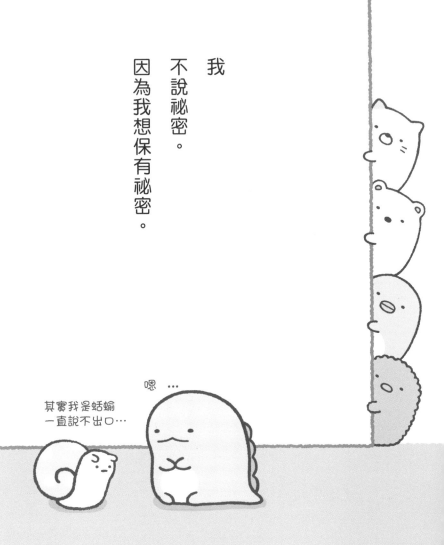

我
不說祕密。
因為我想保有祕密。

嗯 …

其實我是蛞蝓
一直說不出口…

有一天，阿嘉莎和小狗東尼躲藏在餐廳的桌下，
看見女傭直接用湯勺偷吃食物。
但是她直到女傭離職許久才將這個祕密告訴家人。

阿嘉莎·克莉絲蒂

對於喜愛的東西
我認為應該付出
相對應的代價。

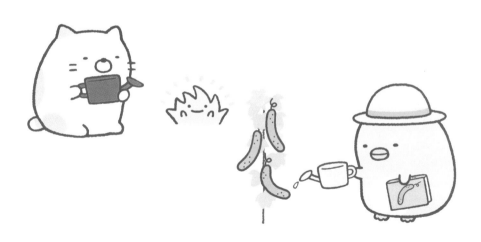

11歲時，阿嘉莎的父親亡故，導致家中經濟陷入困境。
雖然要維護自幼居住的家費用過高，但是他們仍不放棄。
他們就是如此珍惜家的回憶。

少女時期
真的十分有趣。
因為那是場
美好人生的賭注。

阿嘉莎曾說過人生會因為遇到不同的人，產生巨大的變化。

尤其是少女時代，相遇擁有非凡的意義。

阿嘉莎的人生也因為不同相遇有了不同的改變。

你現在
活著。
只要眼睛睜開
新的一天
就等待著你。

阿嘉莎是一位對日常生活中的細微變化十分敏感,並樂在其中的女性。
也因此,就算有什麼悲傷或後悔的事情發生,
也能在隔天的小小快樂中淡忘。

前往未知的旅程

嶄新的一步即將展開。

那也是人生

這精采旅程的一步。

阿嘉莎曾說過，人生是自己的，不是別人的。

正因如此才快樂、精采。

正因是理所當然的事，阿嘉莎也十分享受自己的人生。

我

不由得想

工作是很棒的事

這個說法

或許是錯的。

阿嘉莎認為人只是因為必須要工作，所以去工作而已，
所以讚嘆工作這件事是奇怪的。這或許是
受到運用家產支撐家庭開支（最後遭遇財務困境）的父親影響。

如果心願無法達成

首先

先徹底認清事實。

接著

不要悶悶不樂

而是要繼續往前進。

阿嘉莎曾在幼年時期，進入音樂學校學習聲樂及鋼琴。
以專業演出者為目標，每天練習七個小時以上。
但是老師卻認為她的個性難以成為專業演出家，最終中斷學習。

輕飄飄～

人不管任何事都會漸漸習慣。

這就是現實。

抖
抖

第一次世界大戰爆發，阿嘉莎曾自願至醫院從事護士工作。
一開始參與手術過程幾乎令她昏厥，但很快就習慣了。
隨後成為藥劑師，對藥物十分熟悉。

如果一償宿願的
機會來到
不能去冒險
人生就太可惜了。

阿嘉莎在一戰時，與阿奇博爾德・克莉絲蒂（Archibald Christie）結婚
戰後，夫婿在倫敦工作，朋友邀請他們環遊世界擔任英國無名大使。
即使回國之後的工作尚無著落，兩夫妻仍踏上環遊世界的旅程。

自己是怎樣的人
不去尋找是不會發現的。

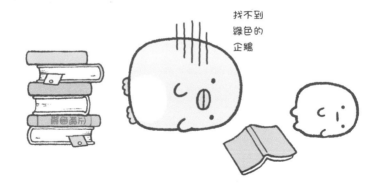

找不到
綠色的
企鵝

阿嘉莎與夫婿育有一女。女兒出生後次年，阿嘉莎正式成為小說家。
以《羅傑・艾克洛命案》一躍成為人氣作家。但幸福的日子卻不長久，
與第一任丈夫最終以離婚收場。阿嘉莎獨自一人往前邁開人生大步。

我能去做
自己所想的事。
想去的地方
哪兒都能去看看。

圍繞著離婚話題打轉的媒體令阿嘉莎心煩，對英國的生活也逐漸厭倦。

於是，一個人搭上東方快車展開巴格達之旅。

這次經驗帶給她寫出《東方快車謀殺案》(Murder on the Orient Express)的靈感。

我的性格像狗。
如果沒有人
帶狗出門散步
牠就不會出門。

個性羞怯的阿嘉莎雖然好像是被行動力十足的母親與前夫硬拉著去體驗。
但是她自己決定的巴格達之旅，
卻讓他遇見了共度此生的馬克斯‧馬洛溫(Max Mallowan)。

我對任何事情
都能
輕易接受
不會特別激動。
而且無論何時何地
都睡得著。

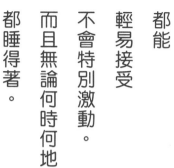

阿嘉莎在考古學者馬克斯的導覽下，參訪了中東遺跡。
當時車輛在沙漠中拋錨了。阿嘉莎卻在等待救援時，
安靜的在車體陰影下睡著了。這一幕讓馬克斯愛上阿嘉莎。

色彩斑斕的鳥類羽毛、
五彩繽紛的葉子、
這些才是
真正的寶物，
比任何高價的寶石
更珍貴。

阿嘉莎從孩提時期，就懂得貝殼、彩石的美麗之處。
在馬克斯導覽參觀的遺蹟中，那些在考古學上毫無價值、
五顏六色的陶器碎片讓阿嘉莎深受感動，撿拾收集讓她樂在其中。

我只會
做我會做的事；
我只做
自己想做的事。

阿嘉莎曾說過，6歲左右就能清楚看出人性與個性，決定一個人一輩子的事。
阿嘉莎能分辨自己做得到與做不了的事。
做得到的事一定努力去完成。

我不得不
忍受自己的樣子。

好冷

有那麼冷嗎？

阿嘉莎會把做得到與做不了的事情寫下來。
很遺憾那張清單裡，做不了的事情比較多。
對於這點，阿嘉莎表示這就是自己，所以也沒有辦法。

阿嘉莎・克莉絲蒂

為了找到
共創幸福的對象
應該值得
冒險一試。

馬克斯向阿嘉莎求婚時，經歷第一次婚姻挫敗的阿嘉莎受傷太深，
對與小自己14歲的馬克斯結婚感到遲疑。
但在馬克斯熱情的說服下，兩人終於決定結婚。

我們時常輕易說出

「沒辦法」。

但是，

應該要

打造更多希望才對。

第一次世界大戰結束後，阿嘉莎衷心希望世界上不要再有戰爭發生。

但是第二次大戰發生了，阿嘉莎女兒的丈夫不幸戰死。

即便如此，阿嘉莎仍相信：「基於善意的明天一定會來」。

阿嘉莎‧克莉絲蒂

有朋友相伴的生活真是太棒了。
心裡感到很溫暖，
人生充滿喜樂，
總讓人
時時面帶微笑。

阿嘉莎雖然內向，不過一旦成為了朋友就是終生的朋友。
擁有夫婿、女兒等家人相伴的溫暖家庭，擁有往來相依的朋友，
這樣的日子，阿嘉莎認為再也沒有什麼能比得上。

可可・香奈兒
名言錄

　　被稱為史上最了不起的設計師，至今仍備受推崇的可可・香奈兒，個性善交際，口才便捷。但是如她自己所說，不停的說話是害怕沉默，也為了隱藏自己悲傷的過去。

　　幼年就失去母親，又遭父親遺棄的可可・香奈兒被安置在育幼院長大。轉職過程中，在當時的情人資金挹注下，開設了帽子店。人們對香奈兒製作的帽子瘋狂熱愛，也促使她決定開始製作服飾。

　　當時的女性，總先以馬甲束縛住身體，再穿上衣服。香奈兒運用了針織布料等能輕鬆行動的素材及男裝的剪裁技巧，創作出能輕鬆行動又優雅的服飾。香奈兒服飾將女性從扭曲的馬甲中解放出來。曾一度引退，整整退出時尚界15年，卻在70歲時再度回歸時尚界。一直到87歲過世為止，她始終站在巴黎時尚界最前線，持續創作美麗的作品。

Coco Chanel

（時尚設計師／1883-1971）

孤獨讓我
強大。

香奈兒在11歲時遭逢母親病逝，
父親將子女託付給育幼院後遠走他鄉的處境。
連文章怎麼寫也無人教導，她所面臨的是無比嚴峻的成長環境。

我不想像貓一樣依賴人。
我要往前
走我自己的路。
就算那條道路
是錯的也無妨。

當時女性的幸福,掌控在結婚對象身上。
但是香奈兒期望能靠工作自立。
接受情人資金資助開設帽子店,帽子立刻銷售一空。

對於
工作、
愛情、
交友，
我都喜歡付出
勝於接受。

香奈兒在事業上獲得成功，但是她卻相信：
「人的價值不是取決於賺多少，而是怎麼用。」
因此她從不吝惜援助身邊的人以及偉大的藝術家。

明明
能將缺點轉變成魅力，
大家卻老是想隱藏它。
如果可以
好好運用缺點，
就沒有什麼好怕的了。

享受與多位充滿魅力的男性談戀愛的香奈兒
曾說過女人的優點令男人退卻。她表示，不如讓他們看看缺點的魅力，
應該把優點好好藏起來（而且要讓他們了解為什麼要隱藏）。

可可・香奈兒

如果
想成為
無可取代的人
就必須
跟別人不一樣。

香奈兒是全世界知名的傳奇設計師。
因為她創造了香奈兒套裝、小黑裙等等，
顛覆眾人價值觀的設計。

這個世上
有想要得到的
理想中的自己，
以及不同於想像
現實中的自己。

我想變成
富士山…

一定
可以的！

曾經歷不幸孩提歲月的香奈兒，一直在追求幸福中掙扎著。
甚至想試著將那不幸的過去也當作謊言。
兒時經歷造成的心靈創傷始終未能痊癒。

要送禮物的話
請送花給我。

香奈兒受到許多男性的愛慕，常常收到禮物。
但對她來說，禮物的價格並不重要。
重要的是禮物美不美、能不能打動人心。

我工作的原因
是為了
讓自己充滿自信。

即使已70高齡，香奈兒仍曾經不吃不喝，連續站著工作9小時。
完美主義使然，不滿意的作品一定要改到滿意為止。
對她而言，工作就是她的人生。

機會
是從
小地方
誕生的呢。

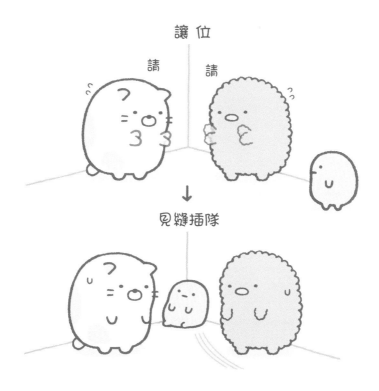

香奈兒一開始親手做的是帽子。在百貨公司購買什麼也沒有的帽子上，
加上香奈兒的裝飾後，立刻以三倍以上的高價賣出。
可可‧香奈兒的傳奇也自此時揭開序幕。

終於

我也找到了

一個可以安心依靠的

肩膀。

與英國多金貴族—威斯敏斯特公爵（Duke of Westminster）交往時，
香奈兒曾如是說。
雖然也曾認真考慮結婚，她最終仍選擇了工作。

一旦下定決心
我絕對不會
半途而廢。

香奈兒對任何事情都不輕易妥協。
曾經因為受不了朋友身上穿的衣服做工太差，當場直接幫忙修改衣服，
而這件衣服最後成為了香奈兒套裝。

真正了解自己的人生
是在面臨逆境之時。

香奈兒在第二次世界大戰爆發前，退出時尚業界。
在大戰中與納粹德軍相戀，二戰結束後，遠離巴黎移居瑞士。
退隱15年後，於巴黎時尚周重返時尚業界。

老衣服
就像老朋友
一樣。

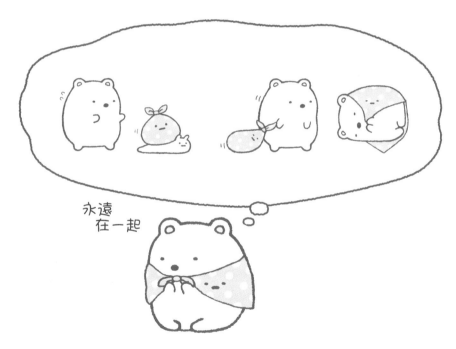

永遠
在一起

香奈兒以70歲之齡，在睽違15年後決定重回設計師之列一舉，震驚全世界。
並成功再次以第一線設計師活躍於時尚圈。
香奈兒的服飾無論經過多少年都是經典。

身體的動作

從背後

更能清楚展現。

所有動作都是

從背後啟動的。

香奈兒認為緊緊束縛女性身體的馬甲是過去的產物。

她絕不認可束縛女性行動的服飾。

穿著舒適、便於行動、美麗，才是香奈兒服飾。

奢華
舒適是最重要的。
不舒服
就稱不上奢華。

不能安心彎腰、打高爾夫、騎馬的，
都稱不上衣服——香奈兒曾如是說。
香奈兒終生只製做自己會穿的服飾。

我只要
一個小小的家，
有自己的窩
就足夠了。

香奈兒對家中的傢俱、窗外的景致要求很高，
但對房子的大小卻不在意。始終如一，她不追求需求以外的奢華。
因為那些看不出價值所在。

每一天
統統
都變得很簡單。
因為每一天
都要學點什麼。

香奈兒也曾被批評，她的服飾設計如出一轍。
但是，那是因為香奈兒製作的是可以實穿10年以上的服飾。
追求不被短暫流行左右、永恆的美。

我記性不好。

我喜歡忘東忘西。

忘記
多餘的事
才能
重新創造。

香奈兒擁有過人的記憶力，但是對於自己的過去，
她卻說了許多謊話。她的朋友表示：
或許那就像利用假寶石，製作出的美麗衣裳吧。

可可・香奈兒

就算失去所有

只剩下孤身一人，

擁有一位能夠說話的朋友

是很重要的。

對害怕寂寞，總是滔滔不絕的香奈兒而言，
能說說話的朋友是絕對不可少的。
她終生擁有無數友人，身邊永遠有人相伴。

你太生疏了。

我們是朋友吧？

讓我為你做點什麼吧。

香奈兒脾氣暴躁，常常和身邊的人爭吵。

但是只要朋友有難，她一定會伸出援手。

例如：朋友的妹妹生病時，她會幫忙安排醫院、旅館。

現實中
沒有夢？
我想
作夢。

香奈兒是位浪漫主義者，喜愛幻想。
不向現實妥協，完成許多夢想。以結果而論，
她所創作的如夢幻般的服飾，改變了女性的價值觀與生存方式。

[4]

露西・莫德・蒙哥馬利
名言錄

　　以《清秀佳人》(Anne of Green Gables)為開端，創作出系列作品，讓全世界少女們為之沉迷的露西・莫德・蒙哥馬利。她的作品中，以豐富筆觸描述了她生長的加拿大愛德華王子島上的歲月。

　　蒙哥馬利在1歲9個月大時，母親過世，父親也在她年幼時離家，自小在嚴格的祖父母家中長大。個性害羞，卻熱中閱讀、學習。14歲時，因為憧憬教導她的戈登老師，取得教師資格到學校任教。

　　但是她最想做的其實是成為小說家。21歲時，第一次投稿獲得稿費報酬之後，她開始努力往以稿費收入營生為目標努力。23歲回到家中，在祖父過世後，照顧獨自生活的祖母。平淡的日子中，她努力寫作。終於在34歲出版了長篇作品《清秀佳人》，轉眼間成為暢銷作家。完成她兒時的心願。《清秀佳人》至今仍深受全世界讀者的歡迎。

Lucy Maud Montgomery

（作家／1874-1942）

對我來說，

在樹蔭下

和大家一起午餐的時刻

是何等快樂的事啊。

光合作用

陪影下的午餐

蒙哥馬利在幼時，母親就過世了。因為父親遠去美國工作，
他在祖父母嚴厲的教養下長大。不能和小學同學一起，
只能回到她一個人的家裡獨自吃午餐。

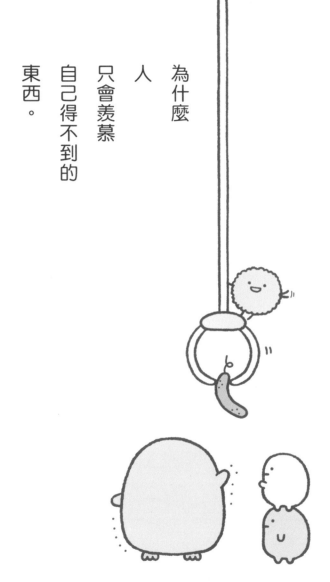

為什麼

人

只會羨慕

自己得不到的

東西。

上小學排路隊，其他同學都是光腳丫，
只有蒙哥馬利會要求祖父母幫她脫掉靴子。雖然蒙哥馬利很羨慕同學，
同學卻似乎反而很羨慕她。

被人喜歡
真的是很棒的事呢！

靜～　　好在意……

以優秀的成績從小學畢業的蒙哥馬利繼續進入中學求學。
在那裏結交了許多朋友，其中和一位名叫威爾的男孩感情最好。
兩人在上課中，會使用暗語互傳書信。

我很喜歡書。

所以一本書
會重複讀上好幾回。

就算重複讀個十回，

每次都像第一回讀時

那樣有趣。

蒙哥馬利自小就愛看書。

中學時，她寫的詩曾刊載在報紙上。

當時住在已經回國的父親家裡，父親的稱讚讓她欣喜不已。

現在

春天就快來到了。

啊！世界真是

太美好了。

中學畢業，蒙哥馬利決定要成為一位教師。

這個決定讓她必須上大學深造，但卻遭受到祖父母強烈的反對。

蒙哥馬利花了一年的時間，終於如願以償。

人
只能前進或後退。
沒有
改變不了的事。

塞車

264位應考，錄取5位，而蒙哥馬利是其中一位。在大學結交了好友，
也在老師們的教導下認真學習。持續往前努力的露西，
最終順利完成教師考試，正式取得教師資格。

喝杯茶
泡個澡
休息一下
終於
有了勇氣。

角落溫泉

蒙哥馬利剛當上老師，是在一所位於比狄法得村的小學。

第一次站上講台的她緊張不已。

回家雖然累壞了，但喝茶、洗澡後，仍繼續準備隔天的課程。

好想休息。

好想休息。

好想休息。

啊

如果能永遠待在家裡

該有多好啊。

在比狄法得村教了一年書，蒙哥馬利為了學習文學，參加了大學的短期課程。

在大學學習期間，投稿的文章多次被刊載在雜誌、報紙上。

課程結束回到教師職位，每一天都過得十分忙碌，不得休息。

終於明白

沒有人

可以獨自生活。

擔任了好一陣子的小學教師，
蒙哥馬利回到老家，陪伴祖父過世後，獨自一人生活的祖母。
在那裡，蒙哥馬利和從小生長的村民們一起生活，勤於寫作。

專心寫作
就能立即忘卻
悲傷與痛苦。

和祖母二人一起居住在老家，蒙哥馬利則繼續投入寫作。
一直都只寫容易獲取稿費的短篇作品，
在29歲時決定創作長篇小說，也就是大家所熟知的《清秀佳人》。

露西・莫德・蒙哥馬利

冬天之後，
接著來到的
就是令人歡喜的春天。

《清秀佳人》完成後，立刻遭到出版社回絕，
原稿只能收在房間裡。但是二年後，蒙哥馬利再次將原稿送到出版社。
終於收到出版社願意發行的佳音。

不管遲到多久
春天遲早
都會來臨。
冬天越長越冷
春天到來時的歡喜
就越大。

蒙哥馬利心思細膩，時常受憂鬱症狀所苦。

而夫婿伊旺・麥唐納（Ewan Macdonald）的憂鬱症狀較蒙哥馬利更為嚴重。

儘管如此，蒙哥馬利仍持續創作，每一部作品都成為暢銷書。

在這世上，

我們

只要擁有

發現的眼睛、

喜樂的內心、

收集的雙手，

就能擁有許多美好的事。

悲傷的時候，蒙哥馬利也會在日記裡為自己打氣，繼續寫書。

她曾說過：

「世上雖然有許多痛苦、悲傷的事，但是歡喜、快樂更多。」

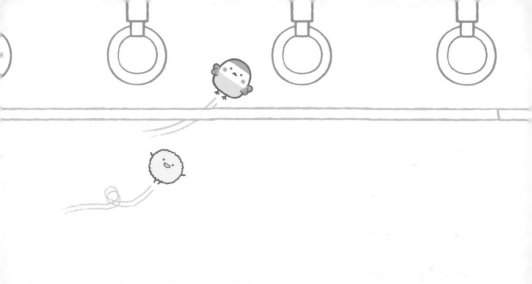

不管多晴朗，天空總有白雲飄過。

但是，天空中太陽一直都在。

這點千萬不能忘。

日記裡，蒙哥馬利曾這麼寫著。
她了解自己人生中有許多悲傷與挫折。
但是仍積極把握人生，一步一步往前進。

露西・莫德・蒙哥馬利

Lucy Maud Montgomery

對我來說

寫作

就是我人生的目的。

正正 我豬排

蒙哥馬利曾表示：「我無法想像自己不寫作的情景」。

對蒙哥馬利來說，寫作就是她的日常。

難過的時候、想哭的時候，依靠寫作安慰、鼓勵自己。

露西・莫德・蒙哥馬利　96

夢想實現時，甘甜而美好。
而夢想就是如此甜美。

《清秀佳人》系列成為暢銷書，廣受全世界讀者喜愛。
改編電影也大熱賣，而作為故事背景的故鄉也被指定成為國家公園。
喜愛寫作的蒙哥馬利終於完成夢想。

〔5〕
瑪麗・居禮
名言錄

　　瑪麗・居禮是第一位獲得諾貝爾獎殊榮的女性，也是第一位獲得二座不同項目諾貝爾獎的人。波蘭出生的居禮夫人不放棄學習，最後終於前往法國巴黎留學。在那兒與年輕研究者皮埃爾・居禮（Pierre Curie）相遇。一直在尋覓一位「天才女性」可與自己一起共度人生的皮埃爾向瑪麗求婚，二人隨後步入禮堂。

　　居禮夫婦一起參與放射線的研究，不久後發現了能發出放射線的原子。更在經歷千辛萬苦後，成功發現了放射性元素釙（Po）和鐳（Ra）。這個偉大的發現，讓居禮夫婦獲得諾貝爾物理獎的殊榮。夫妻倆感到無比幸福。

　　但是二年後，一場悲劇發生。皮埃爾因意外過世。居禮夫人雖難忍悲傷，仍持續進行夫妻共同的研究，更因此獲得諾貝爾化學獎。此後至過世之前，仍持續研究工作。更設立研究所，培養許多優秀的弟子，女兒伊蕾娜（Irène）與其夫婿弗雷德（Frédéric）也都是諾貝爾化學獎得主。

Marie Curie

（科學家／1867-1934）

我們的義務就是
找出
需要幫忙的人
然後協助
那個人。

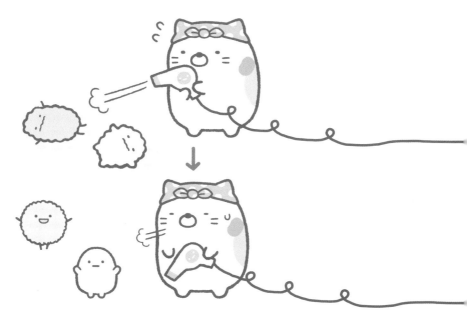

居禮夫人出身於波蘭，當時在俄羅斯統治下，大學教授的父親與女子學校校長的媽媽
雙雙失去工作，居禮夫人只得在不合法的「行動大學」上學。
居禮夫人晚年很感謝當年有機會上學，也十分重視教育。

人生
不需要總是那麼
想不開。

居禮夫人為了籌措學費，曾在鄉下擔任家教。當時寄居在一戶富裕人家，
她與那戶人家的長男相戀，卻因身分懸殊遭到反對，無法共結連理。
居里夫人未因此灰心喪志，她持續苦讀，並前往巴黎留學。

瑪麗·居禮

我們是命運安排

天生註定的結合。

所以

光只是想像

分離

都無法忍受。

寄宿在小閣樓裡苦讀的居禮夫人，與一位年輕的研究員
皮埃爾・居禮(Pierre Curie)相遇。兩人一見如故，很快就墜入愛河。
這句話是在公告結婚訊息時向朋友所說的。

這兒真涼快

我們衷心希望
遠離社交生活
尋求安靜而平和的日子。

居禮夫婦確立了放射性元素的存在，
發現釙（Po）和鐳（Ra）兩種新元素。二人雖然榮獲諾貝爾物理學獎，
卻不善與人交際，只希望能平淡過生活。

我們想在春夏時節

欣賞滿園的

蔥綠蒼翠。

居禮夫人在創立新研究所時，堅持要種樹。
全心投入研究的居禮夫婦最大的快樂，
就是在綠林間散步、到鄉間午餐，喘口氣。

新年快樂。
美好的一年就是身體健康、
心情愉快、
可以感受活著真好的
喜悅的一年。

居禮夫人對孩子們充滿愛的關懷。
她在新年時，給女兒伊蓮娜及女婿的信中如此寫著。
此外，伊蓮娜及夫婿也曾獲得諾貝爾化學獎。

重要的是
能說出
「我會的事
全部都做了」
活出
自己的人生。

很好喝喔

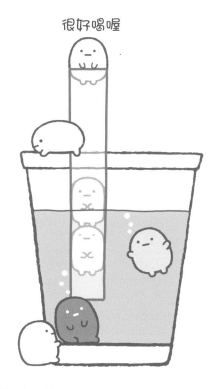

在聽到姪女說希望出生在從前，女兒伊蓮娜說希望在未來出生時，
居禮夫人如此回答，
她認為不管哪個年代，都能活出有意義的人生。

如果可以的話
真希望躲在地底下，
安安靜靜
過生活。

第一位諾貝爾獎女性得獎人，更曾二度獲獎
……居禮夫人深受全世界矚目。
但是，她自己最愛踏踏實實從事研究工作的生活。

瑪麗‧居禮

每個人
一定都有一項才能。
而這項才能一定會
開花結果。
只要如此相信
一切都將開始。

居禮夫人生於貧困的家庭，學習機會受阻，一路在坎坷環境下成長。
但是卻不被環境打敗，相信自己的才能，持續學習。
終於成為偉大的科學家，留名青史。

你們都是我最重要的寶貝。

TAPIOCA

TOKAGE

TOKAGE

TONKATSU

NEKO

貓草

重視家人的居禮夫人留下許多家書。
在寫給女兒一家的信件中，出現了這段文字。
居禮夫人珍愛家人，也培育了許多弟子成為偉大的研究者。

《VOGUE ON COCO CHANEL》
Bronwyn Cosgrave、Quadrille Publishing Ltd／2012年

《ココ・シャネルの秘密》（香奈兒 革命的秘密）
Lisa Chaney著／中野香織監譯／Discover 21／2014年

《シャネル 人生を語る》（香奈兒 暢談人生）
Paul Marand著／山田登世子譯／中央公論新社／2007年

《ココ・シャネルの秘密》（可可・香奈兒的秘密）
Marcel Haedrich著／山中啟子譯／早川書房／1995年

《カンボン通りのシャネル》（康朋街上的香奈兒）
利魯・瑪爾康著／村上香住子譯／Magazine House／1991年

《VOGUE ON ココ・シャネル》（VOGUE ON 可可・香奈兒）
Bronwyn Cosgrave著／鈴木宏子譯／GAIA BOOKS／2013年

《ココ・シャネル 女を磨く言葉》（可可・香奈兒 磨練女性的話語）
高野照美著／PHP研究所／2012年

《ココ・シャネルという生き方》（可可・香奈兒的生存之道）
山口路子著／KADOKAWA／2009年

《The Alpine Path:The Story of My Career》
L.M. Montgomery、Scholar's Choice (paperback)／2015年

《The Selected Journals of L.M. Montgomery:1889-1910》
L.M. Montgomery／Mary Rubio, Elizabeth Waterston編／Oxford Univ Pr／1986年

《険しい道・モンゴメリ自叙伝》（危險之道・蒙哥馬利口述自傳）
L.M. Montgomery著／山口昌子譯／篠崎書林／1979年

《名作を生んだ作家の伝記⑥「赤毛のアン」の島で～L.M. モンゴメリ～》（名作作家傳記⑥
「紅髮安妮」的島上～L.M. 蒙哥馬利～）
奥田實紀著／文溪堂／2008年

《モンゴメリ日記①(1889～1892) プリンス・エドワード島の少女》（蒙哥馬利日記①(1889～1892) 愛
德華王子島上的少女）
L.M. Montgomery著／Mary Rubio, Elizabeth Waterston編輯／桂宥子譯／立風書房／1997年

《モンゴメリ日記②(1893～1896) 十九歳の決心》（蒙哥馬利日記②(1893～1896) 十九歲的決心）
L.M. Montgomery著／Mary Rubio, Elizabeth Waterston編輯／桂宥子譯／立風書房／1995年

《モンゴメリ日記③(1897～1900) 愛、その光と影》（蒙哥馬利日記③(1897～1900) 愛，那道光影）
L.M. Montgomery著／Mary Rubio, Elizabeth Waterston編輯／桂宥子譯／立風書房／1997年

《MADAME CURIE》
Eve Curie著／Editions Gallimard／1938年

《Pierre Curie:With Autobiographical Notes by Marie Curie》
Marie Curie、Dover Publications; 2nd Revised版／2012年

《キュリー夫人伝》（居禮夫人傳）
伊芙・居禮著／河野萬里子譯／白水社／2014年

《世界ノンフィクション全集⑧》（世界小說全集⑧）
筑摩書房編集部編／筑摩書房／1960年

主 要 参 考 資 料

《AUDREY HEPBURN》
Barry Paris著／Putnam Adult／1996年

《AUDREY HEPBURN》
Ian Woodward著／St Martins Pr／1984年

《Audrey Hepburn, An Elegant Spirit：A Son Remembers》
Sean Hepburn Ferrer著／Atria／2003年

《How to be Lovely:The Audrey Hepburn Way of Life》
Melissa Hellstern著／Robson Books Ltd／2005年

《オードリー・ヘップバーン物語》（奧黛麗・赫本物語）
上下集／Barry Paris著／永井淳譯／集英社／2001年

《オードリーの愛と真実》（奧黛麗的愛與真實）
Ian Woodward著／坂口玲子譯／日本文藝社／1993年

《AUDREY HEPBURN　母、オードリーのこと》（AUDREY HEPBURN　母親－－奧黛麗的故事）
Sean Hepburn Ferrer著／實川元子譯／加藤瀧監修／竹書房／2004年

《オードリー・ヘップバーンの秘密　エレガントな女性になる方法》（奧黛麗・赫本的祕密
　　成為優雅女性的方法）
Melissa・Hellstern著／池田真紀子譯／集英社／2005年

《オードリー・ヘップバーンという生き方》（奧黛麗・赫本的生存之道）
山口路子著／KADOKAWA／2012年

《AN AUTOBIOGRAPHY》
Agatha Christie著／HarperCollins; 25th Anniversary Commemorative Edition.版／2001年

《アガサ・クリスティー自伝》（阿嘉莎・克莉絲蒂自傳）
上下集／阿嘉莎・克莉絲蒂著／乾信一郎譯／早川書房／2004年

《アガサ・クリスティー百科事典》（阿嘉莎・克莉絲蒂百科辭典）
數藤康雄編／早川書房／2004年

《CHANEL AN INTIMATE LIFE》
Lisa Chaney著／Fig Tree／2011年

《L'ALLURE DE CHANEL》
Paul Morand著／Gallimard Education／2009年

《COCO CHANEL SECRÈTE》
Marcel Haedrich著／Editions Robert Laffont／1971年

《CHANEL M'A DIT》
Lilou Marquand著／Editions Jean-Claude Lattès／1990年

角落小夥伴的生活之
角落小夥伴名言

監修	SAN-X
設計	新上弘+栗村佳苗
編輯協力	橫溝由里 ・ 小保方悠貴 ・ 川崎聖子 ・ 久保田愛實 ・ 桐野朋子（以上、SAN-X 株式會社）
翻譯	高雅淋
企畫選書人	賈俊國
總編輯	賈俊國
副總編輯	蘇士尹
資深主編	吳岱珍
編輯	高懿萩
行銷企畫	張莉滎・廖可筠 ・ 蕭羽猜
發行人	何飛鵬
出版	布克文化出版事業部 台北市民生東路二段 141 號 8 樓 電話：02-2500-7008 傳真：02-2502-7676 E-mail：sbooker.service@cite.com.tw
發行	英屬蓋曼群島商家庭傳媒股份有限公司城邦分公司 台北市中山區民生東路二段 141 號 2 樓 書虫客服服務專線：02-25007718；25007719 24 小時傳真專線：02-25001990；25001991 劃撥帳號：19863813；戶名：書虫股份有限公司 讀者服務信箱：service@readingclub.com.tw
香港發行所	城邦（香港）出版集團有限公司 香港灣仔駱克道 193 號東超商業中心 1 樓 電話：+852-2508-6231　　傳真：+852-2578-9337 E-mail：hkcite@biznetvigator.com
馬新發行所	城邦（馬新）出版集團 Cite (M) Sdn. Bhd. 41, Jalan Radin Anum, Bandar Baru Sri Petaling, 57000 Kuala Lumpur, Malaysia 電話：+603-9057-8822　傳真：+603-9057-6622
印刷	韋懋實業有限公司
初版	2016 年（民 105）12 月　2023 年（民 112）3 月 2 日初版 69 刷
售價	250 元　　　　ISBN　978-986-5728-99-1

城邦讀書花園　布克文化
www.cite.com.tw　WWW.SBOOKER.COM.TW